親愛的老鼠朋友，
歡迎來到太空鼠的世界！

這是一個在無盡宇宙中穿梭冒險的科幻故事！

親愛的老鼠朋友們：

我有告訴過你們我是一個科幻小說的狂熱愛好者嗎？
我一直想寫一些發生在另一個時空的冒險故事……
可是，所謂的**平行宇宙**真的存在嗎？

就這個問題，我諮詢了老鼠島上最著名的伏特教授，
你們知道他是怎麼回答我的嗎？

他說根據一些科學家的研究發現，我們所處的時空和
宇宙並非惟一的。世上還存在着許多不同的時空和宇宙空
間，甚至有一些跟我們相似的宇宙存在呢！在這些神秘的
宇宙空間，或許會發生我們無法預知的事情。

啊，這個發現真讓鼠興奮！這也
啟發了我，我多希望能夠寫一些關於
**我和我的家鼠在宇宙中探索新世界的
科幻故事**啊！而且，我想到一個非常
炫酷的名稱——**星際太空鼠**！

伏特教授

**我們能夠在銀河中遨遊！一定能讓其
他鼠肅然起敬！**

Geronimo Stilton
星際太空鼠

賴皮·史提頓

謝利連摩·史提頓

菲·史提頓

班哲文·史提頓
和潘朵拉

機械人提克斯

馬克斯·坦克鼠
爺爺

銀河之最號

太空鼠的太空船艦，太空鼠的家
同時也是太空鼠的避風港！

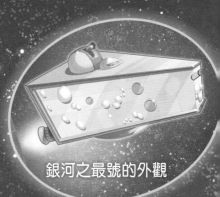

銀河之最號的外觀

1. 控制室
2. 巨型望遠鏡
3. 温室花園，裏面種着各種植物和花朵
4. 圖書館和閱讀室
5. 月光動感遊樂場
6. 史詩茲大廚的餐廳和酒吧
7. 餐廳廚房
8. 噴氣電梯，穿梭於太空船內各個樓層的移動平台
9. 電腦室
10. 太空艙裝備室
11. 太空劇院
12. 星際晶石動力引擎
13. 網球場和游泳池
14. 多功能健身室
15. 探索小艇
16. 儲存倉
17. 自然環境生態園

星際太空鼠 1
果凍侵略者
MINACCIA DAL PIANETA BLURGO

作　　者：Geronimo Stilton　謝利連摩‧史提頓
譯　　者：顧志翔
責任編輯：胡頌茵
中文版封面設計：陳雅琳
中文版內文設計：羅益珠　劉蔚
出　　版：新雅文化事業有限公司
　　　　　香港英皇道499號北角工業大廈18樓
　　　　　電話：(852) 2138 7998　傳真：(852) 2597 4003
　　　　　網址：http://www.sunya.com.hk
　　　　　電郵：marketing@sunya.com.hk
發　　行：香港聯合書刊物流有限公司
　　　　　香港新界大埔汀麗路36號中華商務印刷大廈3字樓
　　　　　電話：(852) 2150 2100　傳真：(852) 2407 3062
　　　　　電郵：info@suplogistics.com.hk
印　　刷：C & C Offset Printing Co., Ltd.
　　　　　香港新界大埔汀麗路36號
版　　次：二〇一六年四月初版
　　　　　二〇一七年七月第三次印刷

http://www.geronimostilton.com
Based on an original idea by Elisabetta Dami.
Cover Design: Giuseppe Facciotto, Flavio Ferron
Art Director: Iacopo Bruno
Graphic Project: Giovanna Ferraris / TheworldofDOT
Illustrations: Giuseppe Facciotto, Daniele Verzini
Graphics: Chiara Cebraro

ISBN: 978-962-08-6493-3

星際太空鼠

果凍侵略者

謝利連摩・史提頓
Geronimo Stilton

新雅文化事業有限公司
www.sunya.com.hk

目錄

如果我們能夠穿越時空⋯⋯

如果在銀河的最深處有這樣一艘太空船艦，上面居住的全部都是老鼠⋯⋯

又如果這艘太空船的艦長是一個富有冒險精神又有些憨憨的老鼠⋯⋯

那麼他的名字一定叫做謝利連摩・史提頓！

而我們現在講述的就是他的冒險故事⋯⋯

那麼，你們準備好了嗎？

快來跟着謝利連摩一起去星際旅行，穿梭神秘浩瀚的宇宙吧！

我的宇宙乳酪呀！

「**銀河之最號**」是一艘全宇宙最與眾不同的太空船艦，而一切都是從這裏一個平靜的早晨開始。

飛船在**餃子銀河系**正以**超光速**飛行着……

我還在房間裏呼呼大睡的時候，一個安靜的**身影**悄悄來到了我的身後，伴隨着一陣機械鼠的尖叫聲，我的耳邊響起了：黃色警報！黃色警報！

黃色警報！

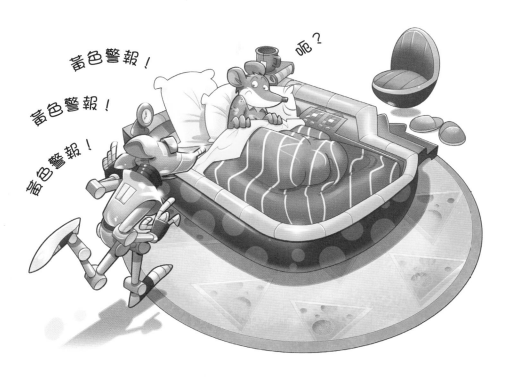

　　我一下子蹦了起來，像是被大黃蜂
螫到一樣。

　　直到我睜開眼睛，我才看到眼前的不是別
人，正是我的機械鼠管家先生——它既
是我的管家、秘書，也是我的廚師……

　　「我的宇宙乳酪呀！發生了什麼事？有
外星人入侵嗎？太空飛船被隕石撞擊了？還是

我們有船員感染了**金星傷寒**？」機械鼠管家先生用它那特有的機械聲音宣布道：「**早上好，史提頓艦長**，現在是星際時間早上7點整，您該起牀了，您該起牀了⋯⋯」

　　我不禁唸叨起來：「**機械鼠管家**，我和你說了多少次，不要用黃色警報來叫醒我？你就不能放一些輕鬆的音樂嗎？譬如⋯⋯*銀河交響曲*？」

　　但它說道：「我拒絕，艦長先生。黃色警報是惟一一種能夠叫醒你的方法⋯⋯**請起牀，請起牀，請起牀！**」

　　正在此時，從它的背後突然伸出了一支機械手臂，一把抓住了我的尾巴將我**舉高**，就像用魚鈎鈎到一條金星鱈魚一樣。

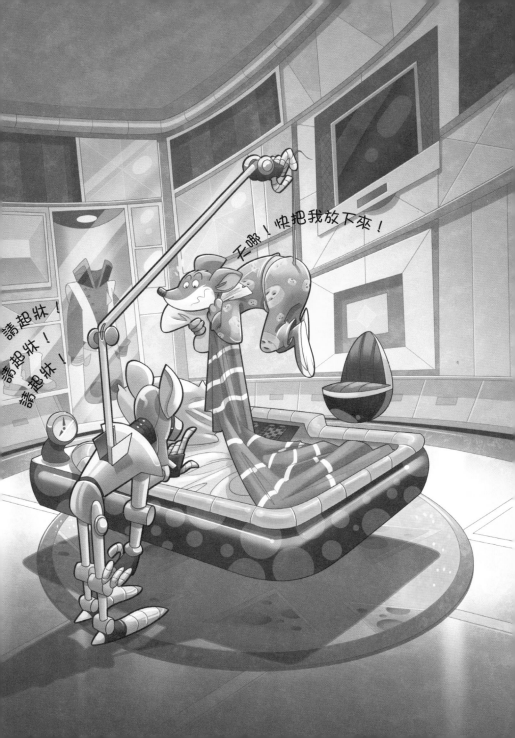

我大叫道：「**救命啊**？快把我放下來！我答應你用飛一樣的速度做好一切準備！」

　　我的話音剛落！它就突然放開了夾子，而我則……**砰**！重重摔到地上，鼻子着地，差點把鬍子給壓斷了……痛死我了！

　　然而機械鼠管家的聲音依然冷冰冰的：「史提頓艦長，您已經遲到了……**趕緊洗漱，趕緊洗漱，趕緊洗漱**！」

　　我曾經穿梭銀河經過上千個星系，它怎麼可以這樣對我！我可是這艘太空船艦的艦長……喔！我實在是太粗心了！居然還沒作自我介紹！我叫史提頓，*謝利連摩·史提頓*……

　　我是「銀河之最號」的艦長，而「銀河之最號」是一艘全宇宙最特別的飛船！

閃亮泡泡機

其實，我的夢想是希望成為一名作家！我**日日月月年年**都在想着要寫一本名為《*星際太空鼠*》宇宙冒險故事書！但是我一直都沒能動筆，因為**每天**都有需要解決的問題圍繞在我的身邊……當我還沉浸在自己的思緒裏時，機械鼠管家再次抓起我的尾巴，把我塞進**閃亮泡泡機**裏——這是一台專門清潔太空鼠的神奇機器。機器的門才剛關上，一股……**冰冷**的水柱就立刻噴射出來！

第一步：清洗

第二步：泡泡浴

第三步：吹乾

我頓時大叫起來：「機械鼠管家！水是冷的啊啊啊啊！」

但是，這時三把旋轉着的刷子已經緊緊卡住我了，並在我的身上又搓又擦⋯⋯

「機械鼠管家！這些刷子又拽住我的耳朵啦！」

最後，一股熱風從出風口的地方噴射出來，用來吹乾我的身體，但是⋯⋯

「機械鼠管家！這裏的風怎麼那麼燙，燙得快把我烤熟啦！」我好不容易搖搖晃晃地走出了閃亮泡泡機，然後花了些時間來梳理我的皮毛，這才回過神來！

此時，衣櫃門已經自動打開了，裏面傳出全自動衣櫃的聲音：「史提頓

艦長，今天建議您穿着高級制服，因為一會兒您在控制室會和前艦長——綽號『斬星鼠』的馬克斯‧坦克鼠見面……」

「什麼？什麼？什麼？馬克斯爺爺會來控制室？今天？哦，天哪！」

什麼？什麼？什麼？
馬克斯爺爺會來？！

我有點暈眩！

「快穿衣服！快穿衣服！快穿衣服！」機械鼠管家再次催促道，同時遞給我那件帶有**超多裝備的高級制服**。

我試着將制服穿上，但是我太胖了……哦天哪，我沒法拉上**拉鏈**！

「我來幫您，艦長先生！」機械鼠管家說道，「您放心，我一定可以**拉上它！拉上它！拉上它！**」

它一邊說着，一邊抓住我，把我轉過來，再撐過去，然後折起來又壓壓緊，直到……**颼**一聲！拉鏈拉上為止！

好不容易總算是穿上了衣服，可是我連

史提頓艦長
超多裝備的高級制服

腕口帶有
內置麥克風

領口豎直，
防止太空氣流

多功能腰帶，
帶有語言轉換
功能，可以即
時識別各個星
系的語言

太空鼠徽章，
金色乳酪圖案

特製的靴子，
方便太空中漫步

鞋底有噴射氣流裝
置，保證在無重力
狀態下有推進動力

氣都透不過來了！我試着向機械鼠管家抱怨幾句，但是他絲毫沒有理會，繼續說：「請快一點！太空的士已經等着了！」他抓着我的尾巴，將我拉到了太空的士的停車點，這是在「銀河之最號」內部常用的交通工具。

　　他對司機說：「請將史提頓艦長送到噴氣電梯處，他要去控制室！用最快的速度！」

　　我嚷嚷着：「救命啊！我最受不了太空的士了！讓我下來~！

　　我暈車！！！！」

放我下來！

太空的士

22

不過一切都已經為時而晚！我一下子感到一陣**晃動**，就像是……一份加了雙份忌廉的冥王星奶昔配上土星乳酪一樣！在下車之後，我步履蹣跚地**走向**噴氣電梯，這時，我感到有什麼東西碰了碰我的尾巴，一個機械人正在**沖着我笑**。

我一下子認出了它！

它的名字叫**機械人提克斯**！

這是一個多功能的小型機械人，具有自動學習功能，非常自律，喜歡糾正別人的錯誤，也會飄浮……而且，要我說起來，它還挺固執的。它覺得自己**知道所有的事情**，而且永遠是對的，從來不承認自己有錯誤，而且每次**討論**最後總是由它收尾的！

機械人提克斯收起了笑容，問道：「有什麼需要幫助的嗎？史提頓艦長？您是迷路了嗎？您是在找噴氣電梯去控制室嗎？」

　　我回答說：「呃⋯⋯不是的，事實上⋯⋯」

　　但是顯然它並不想聽什麼解釋，繼續說道：「沒問題，史提頓艦長！我一看就明白您需要幫助了！請跟我來！」

機械人提克斯
「銀河之最號」的多用途機械人

原居地：它是在「銀河之最號」上被
　　　　　製造出來的。
特長：跨星系遠程通訊。
特點：多用途機械身體。
缺點：超級嘮叨，總是不肯先停嘴！

　　我還**沒來得及**對它說我可以自己來，不需要它的幫助，他就已經拽住了我的**尾巴**（它也是一樣！）並且把我拖向一根長長的**透明**通道：「快，請進入噴氣電梯吧！然後請按下S.C.——控制室的按鈕……」

　　我也放棄了抵抗，乖乖走進透明通道，然後按下了S.C.按鈕。剛鬆開手，一股強勁的

氣流將我整個人抬了起來，隨即我就像是一枚登月火箭一樣飛了起來！説實話，我可能永遠都無法習慣這種噴氣電梯！而且，無論我去哪個星系，暈車的毛病總是無法解決！

救命啊啊啊啊！

星際百科全書

噴氣電梯

　　大家都知道，噴氣電梯是太空船艦裏最舒適、最快捷的移動工具。它由一根玻璃管道組成，乘客進入管道後會被吸到相應的樓層。

艦長？……
我到底是不是艦長？

我被噴氣電梯吸到**控制室**後過了沒多久……

我便舔着鬍鬚，腦子裏都是我那杯月亮**乳酪濃湯**了。每天早上我來到控制室的時候，它都已經放在我的艦長座位邊上了，這是我的早餐！

但是，今天我卻還有一絲**憂慮**，希望爺爺還沒來……

我的表弟賴皮**一見到我**，就馬上問我：「謝利連摩，你有帶餅乾和乳酪來**慶祝**我們的新任務嗎？」

我回答說：「什麼**新任務？**」

賴皮聽到後，失望地搖了搖頭：「表哥，你怎麼一直這樣**傻傻的**啊⋯⋯沒有餅乾，沒有奶昔⋯⋯你這個艦長怎麼當的啊？」

　　而我，為了讓他看看我是一個真正的艦長，自信地坐上了**主控制位**；同時，為了讓他明白我很稱職，我隨便按下了在座位的扶手上一排我從來沒有按過的**按鈕**！

嚕！嚕！嚕！

　　突然，幾條機械手臂從座位底下伸了出來⋯⋯其中有一條手臂對着我開始噴射滅火泡沫！一條手臂抓住了我的尾巴！另一條手臂向着我的雙腳**灑水**！還有一條手臂托着一盤乳酪麵包遞給我！

　　正在此時，控制室的門打開了，我心裏一驚，猶如跌進了**冰窖**一樣⋯⋯

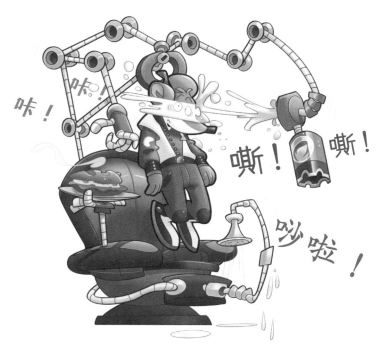

　　一把我非常熟悉的聲音在房間裏迴響：
「我的笨蛋孫子，你到底在搞什麼？」

　　我的宇宙乳酪呀！馬克斯爺爺來了！

　　海軍上將**馬克斯**——是「銀河之最號」
的前艦長，現在他已經退休了。他按下一個
按 鈕後，座位下的機械手臂就全部收回去。

29

接着，爺爺一屁股坐到了我的位子上，把放在扶手上，這還不夠，他還開始喝起了我的月亮**乳酪濃湯**！

我主動打招呼說：「你~你好，爺爺！你這次**過來看我**⋯⋯我需要準備些什麼嗎？」

爺爺吼道：「過來看你？你這個笨蛋孫子！我才不會沒事來探望呢，難道你沒看到我穿着這身高級艦長**制服**嗎？」

他看了我一眼，繼續說：「我從我那間**舒適的**超級豪華房間大老遠跑到這裏來，主要是為了一個很嚴重的問題……『**銀河之最號**』就快要爆炸了！」

「什麼，什麼，什麼？你是説『銀河之最號』，我們這一艘最與眾不同的太空飛船馬上要爆炸了？! 這樣看來情況很嚴重，**非常嚴重**，**比嚴重更嚴重了**。可是，為什麼沒有鼠告訴我呢？」

馬克斯爺爺用力吸了三口我的那杯奶昔，然後失望地**搖了搖頭**：「我敢打賭你一定想説，為什麼**沒有鼠**告訴你。」

我回答説：「呃……是的，我確實在想為什麼沒有鼠告訴我？」

「因為這件事情你早就應該知道了！你算

不上是一個真正的艦長，你只是一個什麼都不懂的**笨蛋**！我真後悔當時把**艦長**的位置讓給你，現在看來也許你的妹妹菲更適合……」

這時我開始真的有點擔心了：「爺爺，你所說的『銀河之最號』要**爆炸**的事情是真的嗎？」

爺爺有些不耐煩地說：「啊，小孫子，難道我還要把所有的事情一件件向你解釋嗎？你知道我們太空船的**發動機**是採用什麼原理的嗎？」

我回答說：「嗯……當然知道……發動機是依靠星際晶石電池，吸收星際間的能量來提供動力……」

他繼續說：「那如果這些星際晶石電池產生**過熱**會出現什麼狀況？」

我吞吞吐吐地回答說：「呃……這個……讓我想一下……也許……引擎會**爆炸**？」

他生氣地說：「當然！而我們就會像一團團牛油在鍋子裏一樣融化！」

我打了個**顫抖**，一想到牛油在鍋裏融化的樣子實在讓我**不寒而慄**！

爺爺繼續說：「幸好有**我**在這裏，因為**我**已經想到了解決方法。要解決引擎的問題，就需要更換電池！

星際百科全書

星際晶石

所有鼠都知道，太空船艦之所以能夠在太空中**飛速行駛**，主要是借助星際晶石電池所提供的強大動力。星際晶石這種物質可以存在億萬年，是非常**罕見**的，所以在進行星際間長途旅行之前，大家最好檢查一下是否帶上了足夠的**備用電池**。

「不過我們更換電池所需要的**星際晶石**非常**罕見**，只在極少數的幾個行星上存在……但是**我們**必須找到它！」

「沒問題，爺爺，可是……你剛才說的『**我們**』是什麼意思？你不是已經退休了嗎？」

「謝利連摩，雖然我讓你當了飛船的艦長，但是只要我願意，我也能夠收回你這個艦長的職位……」

「可是，爺爺，如果你取消了我艦長的職務，我在我所有的朋友面前，所有的船員面

你的腦子裏總是
缺這麼一根弦！

前，還有整個**宇宙**所有飛船的所有艦長面前該有多丟臉啊？」

「我的小孫子，你的腦子裏總是缺這麼一根弦，面對如此**重要**的一個問題，你需要有鼠在一邊拿着棍子敲你才會不犯錯誤……而我，就是這個能夠**鞭策**你的鼠！」

爺爺說得沒錯，如果我犯上什麼錯誤的話，爺爺還真是那個會打我的鼠！**而且他打起來痛得厲害！**

爺爺繼續說：「當你還在睡覺的時候，我已經在距離我們只有三光年的位置找到了一顆**行星**——果凍星，我們得趕緊出發了！」

我試着說：「可是爺爺，我的小說還沒有寫完呢……」

他回答：「這是命令，小孫子，現在**我**命令你按照**我**說的話去做！」

什麼臭味？

正在這個時候，控制室的門自動打開了。

我**親愛的**小姪子班哲文朝我跑了過來，和他在一起的還有他的**好朋友**潘朵拉。

班哲文說：「你好，謝利連摩叔叔！我們可以和你一起留在**控制室**裏嗎？」

我還沒來得及開口回答，只見一個從頭到尾覆蓋着樹葉的奇怪**綠色**老鼠**跑**

班哲文！

了進來。

他看上去就像是一棵會走路的灌木，而事實上，這位是**費魯斯教授**！

費魯斯教授來自葉綠星，他是我們**飛船上的科學家**！ 他認識整個銀河系所有的動物和植物！我和他握了握手爪：「歡迎你教授，我們需要你的幫助來尋找**星際晶石**……」

這時，我的腦子裏閃過一個念頭：這是什麼味道啊？我聞了聞自己的袖子：**不是**！聞了聞制服：**不是**！然後聞了聞左手爪：**不是**！右手爪：**不是**！但是這股味道一直都在！嗚~真難聞！

這就像是……**大便的味道！**

費魯斯教授
「銀河之最號」的科學家

種類：素食鼠類，皮膚上覆蓋着樹葉。

原居地：來自天竺葵星雲裏的**葉綠星**，整顆
星球被樹葉包裹着，
上面生活着的全部都
是素食鼠類。

特長：他是飛船上的科學家，
是一位研究外星生命領
域的資深專家。

特點：睡在一個盛滿泥土的大
花瓶裏！

費魯斯的臉色變得有點發黃，尷尬地說：

「對不起，我剛剛用了點花房裏的肥料⋯⋯」

我問道：「**教授**，這次您又在培育些什

麼？星際沙律？**火星**杏樹？還是太空番茄？

「我喜歡吃**太空番茄**，當然，如果能夠配上乳酪就更好了！」

但是，費魯斯教授搖了搖他的樹葉説：「不是不是，艦長先生，我在研究一種**全新**的超級生化光合集氧方法⋯⋯」

我聽得一頭霧水，但是他還在繼續解釋着⋯⋯

丟臉丟大了！

正在此時，一把富有磁性的聲音打斷了我們的談話，讓我鬆了口氣：「**史提頓艦長**……引擎已經準備好進行加速……」

我抬起頭，看見一位有着一頭紫色長髮和一雙天藍色眼睛的**女性**，她的雙眼如同月亮**沽月**一般清澈，她的微笑讓鼠難以抗拒……

啊，她的聲音，我隔着很遠就能認出來了……她就是**布魯格拉·斯法芙**，在我們飛船上負責操控光子回路，是一位**星際**引擎和星際能量的專家……

布魯格拉·斯法芙
「銀河之最號」的技術工程師

種類：齧齒動物。
原居地：老鼠星。
特長：引擎和回路。
性格：她非常善於修理各種機械。
特點：在她的頭髮上有一根扳手形狀的髮
　　　　夾，在必要時可以用來緊固螺栓。

　　她也是整艘「**銀河之最號**」上最有魅力的老鼠！

　　「艦長……嗯，您在聽我說話嗎？我需要您的命令才能夠啟動引擎加速……」她見我一直盯着她看，開口問道。

我此時的表情一定像是一條**冥王星**鱸魚一樣呆！「嗯⋯⋯當然，當然，我這就命令！我是說啟動⋯⋯是這樣的⋯⋯**出發**！」我努力使自己回復到正常的語調說。

　　隨着一陣巨大的**轟鳴聲**，飛船的引擎啟

動了，帶領着「銀河之最號」駛向那顆陌生的
星球！

　　航行了幾個小時之後，布魯格拉大聲宣
布說：「我們已經接近果凍星！

現在減速！」

啟動引擎加速！

丢臉丢大了！

　　我們已經到達了！還不錯，我已經受不了那種**超光速**航行了！

　　從我們的中央屏幕往外看，果凍星是一顆巨大的行星，在星球的正中間有一塊**粉紅色凝膠狀**的東西，就像是一團巨大的**草莓雪糕**印跡一樣。但是，我還沒來得及高興，一個可怕的怪物就**突然**從我的椅子後面出現了，嘴裏長滿了利齒，頭上有三隻眼睛和觸角！**啊！！！**

　　此時，這個怪物摘下了頭套，我看到的……是我的表弟賴皮，他嘴裏一邊不停地哼唱着：「謝利連摩是個**大傻瓜**！謝利連摩是一個真正的**大傻瓜**！謝利連摩是一個不折不扣的**大傻瓜**……啊，我最喜歡拿他

來開玩笑了！」

　　我這次真是丟臉丟大了！

　　他笑着說：「我是不是把你的**臉都嚇得變藍**了？我的表哥？」

　　「沒錯……你的那個面具做得像真的一樣，可是……你要這個面具來幹什麼？」

　　也許，我早該猜到他的答案才對：「答案很簡單！當然是為了讓你時刻保持警惕啊！這是**馬克斯爺爺**的指示！他說要想辦法督

你喜歡這個小玩意嗎？

啊！

怪物面具

促你，讓你時刻**保持清醒**，**保持警惕**，**準備**應對任何情況……而我只不過是照做而已！不管怎麼說我是一名中尉！你沒看到我身上穿着這件黃色的制服嗎？這就是中尉的制服，請叫我**賴皮‧史提頓中尉**……聽起來很酷，不是嗎？悄悄和你說，雖然我並不清楚爺爺為什麼最後選擇了你做艦長……但是，如果是我穿着艦長制服的話一定會超帥的！」

然後，他拍了拍我的肩膀，對我說：「這就是人生，我的表哥！現在離降落還有些時間，我們去餐廳吃點東西吧……當然是你來請客！」

這個建議還是不錯的，但是當我走進宇宙亞米餐廳的時候，我卻張大着嘴**說不出話**

來！

　　我看着今日菜單：**冥王星**碎石湯配地衣，彈簧星麝香多士，克羅茲星海藻蛋糕……

　　我不禁失聲喊：「我的宇宙乳酪呀！這是給我們老鼠吃的東西嗎？」

　　而賴皮卻對我說：「噓！千萬別給新廚師聽到，他是個……很敏感的生物！」

　　新廚師是個橙色的大胖子，長着三隻眼睛，兩條觸手，兩隻爪子，還有兩條手臂，一對翅膀，身上戴着一條沾滿很多神秘污漬的大圍裙……

　　他的開場白是這樣的：「上午好，艦長先生，我是史誇茲，是飛船上的廚師！快請坐，我已經迫不及待地想要讓您嘗一嘗我拿手的夢幻外星菜餚了！」

我暗自有點擔心：「嗯，事實上，我今天也不是很餓……」

但是，史誇茲卻**無情地**拒絕了我：「艦長先生，您一定要嘗一下，您先坐着，菜馬上來！」

我輕輕對着賴皮說：「可是……我們都還沒有點菜呢！他怎麼知道我要吃什麼呢？」

史誇茲
「銀河之最號」的廚師

種類：外星生物。
原居地：蔬菜湯行星。
特長：喜歡嘗試各種高級菜式。
性格：自信自己是一位優秀的廚師。
特點：身上長着兩條手臂，兩隻爪子，兩條觸手，一對翅膀還有……三隻眼睛！

賴皮回答說：「我親愛的表哥！他當然不知道你要吃什麼，但是有鼠已經告訴過他了……**馬克斯上將**，你的爺爺說過你最近變胖了，已經快穿不下你的那件有着超多功能的太空制服了，他希望你能夠減一減肥……所以，你只能吃海藻了，高興嗎？而我和往常一樣，要一杯乳酪濃湯配月亮薑片……」

　　我忍不住大喊說：「我的宇宙乳酪啊！我也要乳酪濃湯配月亮薑片……」

　　但是，廚師大人立刻讓我**閉嘴**了：「來了！我為您特別準備了維嘉星藍海藻湯，**這道菜非常有助於減肥！**您也知道，這是馬克斯上將吩咐的……」

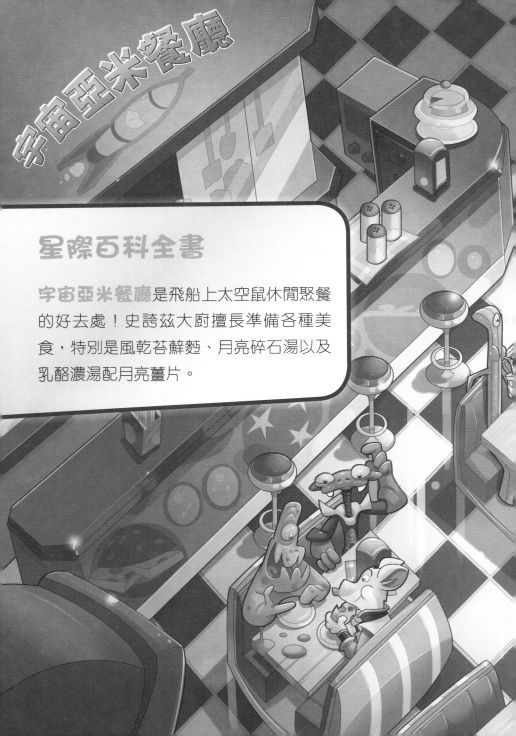

宇宙亞米餐廳

星際百科全書

宇宙亞米餐廳是飛船上太空鼠休閒聚餐的好去處！史諾茲大廚擅長準備各種美食，特別是風乾苔蘚麵、月亮碎石湯以及乳酪濃湯配月亮薑片。

注意……黃色警報！

正在這時，飛船上突然響起了一陣警報聲：「黃色警報！黃色警報！黃色警報！」

我的月亮乳酪啊！這可不是機械鼠管家的叫醒服務，而是真正的……黃色警報！

我尖叫道：「發生什麼事了？」

在我的身邊出現了一個黃色的小光團，並且開始像旋渦一樣旋轉起來，它一點點地變大，變大，再變大……很快一個老鼠頭的影像出現在我的鼻子前！通體黃色！

這是 **全息程序鼠**，它就是我們飛船上的主電腦呢！它的全息影像會在任何必要的地方出現。

全息程序鼠用它那雙發光的眼睛看着我說：「史提頓艦長，有一個 **緊急狀況**，請立刻回到控制室來！」

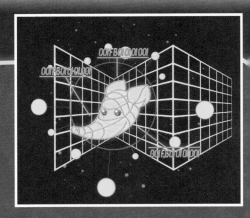

全息程序鼠
「銀河之最號」的主電腦

種類：超級鼠工智能。

特長：監控太空船艦上的所有功能，包括能夠自動駕駛飛船。

性格：覺得自己是不可或缺的。

特點：能夠隨時隨地出現。

我問道：「**到底發生什麼事了？**」

它有些神秘地説：「我被告知只能夠在控制室告訴你這些秘密消息！」

我上氣不接下氣地跑到噴氣電梯旁邊，按下了所有的按鈕，但是卻……什麼都沒有發生！

全息程序鼠説：「在黃色警報的狀態下，噴氣電梯會被鎖上，請使用**物理能量**傳輸系統！」

我有些猶豫地問：「物理能量？」

它解釋説：「請使用樓梯！」

然後，它便消失不見了……

這裏一定有古怪……

使用**物理能量**移動方式來到控制室的過程，實在比想像中更費勁。

我們從**樓梯跑到樓梯，再登上階梯，**然後**又是扶梯……**最後**喘着粗氣，**拖着舌頭，滿頭大汗地來到了控制室。

賴皮絲毫不放過可以取笑我的機會：「表哥，你應該減減肥了！你看上去比**大懶蝸牛**更軟！你再看看我！我經常去健身室鍛煉，注意保持身材！」

這時，菲發聲了：「你們兩個給我安靜一點！全息程序鼠準備告訴我們一些信息了！」

星際百科全書

大懶蝸牛

這種生物生活在隆福斯3號行星上，這顆行星上覆蓋着厚厚的軟墊子。大懶蝸牛每天都在日以繼夜地睡覺，只會為了調整更舒服的睡姿才移動絲毫。右圖是一幅大懶蝸牛在最活躍時的圖片。

只見全息程序鼠那張巨大的發光頭像出現，懸浮在控制室的中央：「艦長先生，我們收到了一條來自外星球的信息！」

我感到我的鬍子抽動了幾下：「什麼？什麼？什麼？這裏一定有什麼古怪！」

全息程序鼠繼續說道：「信息來自我們的目的地——果凍星。根據質子

速度的理論，並且把它轉化成**量子化光子**的距離之後，我大致計算得出果凍星的軌道……」

機械人提克斯歎了口氣，低聲說：「真煩人……它每次都說一大堆奇怪的名詞，就為了顯擺它是飛船上**最厲害的電腦！**」

不巧的是，這些話讓全息程序鼠聽到了：「你竟敢這樣說我，你這根**鐵棍子**！我可是

你竟敢這樣說我？！

至今為止最先進的鼠工智能，而且我有着最完整的**程式庫**……」

這時，我打斷了他們的爭吵：「嗯……對不起，全息程序鼠，我想機械人提克斯並無意冒犯你……現在麻煩你請把那條**信息**給我們看一下……」

全息程序鼠終於不再計較，將一段視像信息通過控制室的大屏幕**播放**出來。在視像裏，出現了三個奇怪的鼠：「你們好，太空旅行家們！我們是果凍星**粉紅鼠**！」

事實上，這三個鼠確實長得和我們一樣，只不過他們全身都是……**粉紅色**的！**費魯斯教授**費解地撓了撓自己頭上的樹葉，說：「真奇怪，我從來不知道有這樣的一

個**外星種族**……」

　　其中的一個粉紅鼠用手比畫了一下，和我們打了聲招呼：「我們沒有敵意，尊敬的**『銀河之最號』**上的老鼠船員們！

　　「我們知道你們的太空船艦遇上大麻煩，我們願意將果凍星上非常珍貴的星際晶石送給你們……」

　　賴皮說道：「表哥，我們可真是交上好運啊！要是能夠得到他們幫助的話，我們的**星際晶石任務**還沒開始就可以結束了！看來我們得舉行一個**慶祝晚宴**了！」

　　而我卻有些猶豫……嗯，總覺得這一切似乎太簡單了！

用鬍子來歡迎……

我們趕緊把這些新朋友請到「**銀河之最號**」上來吧……

我已經興奮得坐不住了。我們該怎麼**迎接**客人呢？

我可不想表現得無禮，讓鼠丟臉！

布魯格拉建議說：「我們可以送上一桶用於星際發動機的珍貴的**超級濃縮油**給他們作為禮物！」

費魯斯搖着頭說：「不，我覺得送他們一大塊**腐爛的肥料**更好一些！」

賴皮說：「交給我吧！」

我讓**史誇茲**準備一些特製的菜餚！但是不要海藻！不要苔蘚！只要最好的**乳酪**……他們會更喜歡火星煙熏乳酪呢？還是克羅茲星乳酪？或者是伊克斯星山羊乳酪？嗯……」

這時，全息程序鼠打斷了我們的對話宣布說：「**粉紅鼠**的太空艇已經進入泊位！」

我和其他船員們馬上**衝出去**迎接他們。

粉紅鼠們非常正規地向我們鞠了一躬，隨後，其中一個看上去像是隊長的高個子老鼠指着一個飄浮的圓球說：「這是我們帶

來的一個象徵着我們不同種族間友誼的**禮物**……」

那個圓球在我們面前自己打開了，裏面有一個**神秘的保險箱**，保險箱裏塞滿了一種粉紅色的發光物質！

我清了清嗓子説：「朋友們，非常感謝你們的禮物，可是……也許你們弄錯了，這個不是**星際晶石**……星際晶石不應該是粉紅色的，而是……**藍色的！**」

那個高個子老鼠微微一笑，解釋説：「親愛的朋友，你説的沒錯，但是……這是

一種非常稀有的**粉紅色**星際晶石！不用擔心，這和你**所知道**的星際晶石是完全一樣的！一定可以使用的！」說着，他靠近我，對我眨了眨眼，「你很快就會知道這個晶石很適合你們的飛船。**非常……完美！**」我轉向**費魯斯**教授，他正在用他那個便攜式分析儀檢查着保險箱。

　　然後，他說：「根據分析儀的結果顯示，這個物質有**千分之九百九十九點九九**的可能性確實是星際晶石！」緊接着，他靠近我低聲對我說：「可是，很奇怪……我從來沒有聽說過**粉紅色**的星際晶石！」

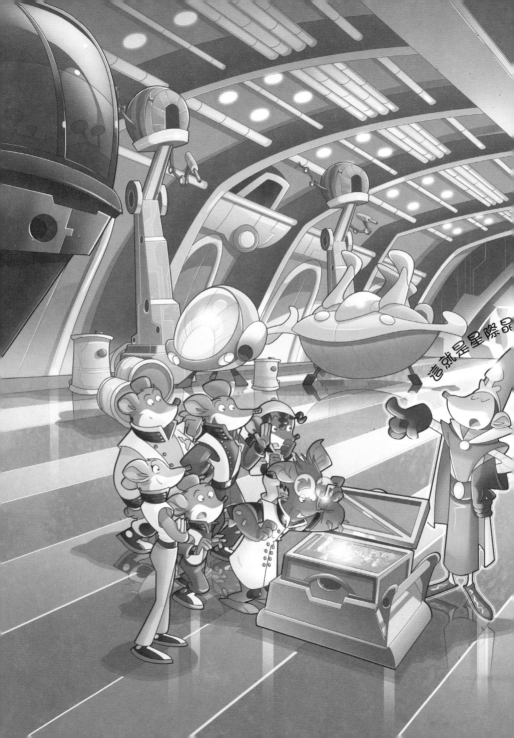

宇宙之大，無奇不有……

那個一副隊長模樣的高個子**粉紅鼠**認真地說道：「我們很高興能夠幫助你們！如果**今晚**你們留在我們星球的軌道上的話，明天我們會再免費送給你們一箱星際晶石！」

我簡直不敢相信自己的耳朵！他們實在是太慷慨了！

我向前一步，用激動的語氣宣布：「來自果凍星的、尊敬的粉紅鼠們，我們超級優秀（呃……）的廚師**史諾茲**先生特地為你們準備了一些乳酪特產，如果你們不介意的話可以一起嘗一下嗎？」

「是呀！」賴皮補充説，「我們還有專門的品嘗**菜單**！」

在我們交談的時候，我注意到我的妹妹菲有些異常地，**一言不發**，她一直注視着這三位賓客，好像還是不相信他們似的。

三位**粉紅鼠**拒絕了我們的邀請：「謝謝你們，親愛的朋友們，但是我們得儘快回到我們的星球去，我們……呃……還有許多事情要忙……」

説完，三個鼠準備**登上**他們的太空艇。這時，菲擋住了他們説：「你們真是太慷慨了，給我們送上這麼珍貴的**星際晶石**卻不求回報！」

嗯……

最高的那個粉紅鼠回答說：「我們喜歡**幫助**那些遇到困難的老鼠朋友們……」

　　但是，菲還有些不放心，問道：「你們確定什麼都不要嗎？真的是**什麼、什麼、什麼**都不要嗎？就這樣把星際晶石送給我們？」

　　那個粉紅鼠面露慍色，再次重申：「對我們來說，星際晶石的價值遠不如友誼來得珍貴！」

　　另外兩個粉紅鼠也隨聲附和說：「是啊，我們希望成為你們的**朋友**！」

　　然後，他急匆匆地說道：「時間不早了，我們得回去了！明天再見面！你們可別走啊……明天我們給你們**再帶多些**星際晶石過來！」

說着，三個鼠走到了他們那艘粉紅色的太空艇前並打開艙門，**迅速**走進去……一眨眼功夫，他們已經**起飛**了。

「多麼奇怪的粉紅鼠啊……」我咕噥着，然後攤了攤雙手，說：「馬克斯爺爺說的**沒錯**，宇宙之大，無奇不有……」

菲再次陷入了沉默中……**奇怪**，非常**奇怪**，太**奇怪**了！

嗖！

嗖！

賴皮的嘴裏塞得滿滿的，一邊說：「那些**粉紅鼠**沒有留下來嘗一嘗我們的乳酪真是太可惜了……算了，既然這些吃的都剩下了，我就犧牲一下我自己，把吃的東西全都消滅掉吧……**嗯！**」

　　費魯斯教授一直有些猶豫的在撓自己尾巴上的樹葉，嘴裏不停地**嘀咕**着：「星際晶石的數據全部吻合，但總覺得有些地方很……**奇怪！**」

　　我也一樣有一種奇怪的預感，但是我安慰自己說這可能只是多餘的擔心而已。畢竟我沒有任何理由去**懷疑**那三個粉紅鼠。而且，我已經等不及要回到自己的房間去繼續寫我的**小說**了！

嗯⋯⋯哪裏不太對勁⋯⋯

晚飯的時候，我們把整件事情的來龍去脈全部告訴了馬克斯爺爺，當他聽說我們已經得到了**星際晶石**的時候，他向我們表示了**祝賀**！

「我簡直不敢相信自己的耳朵！」然後他總結到，「既然任務已經完成了，我們明天一早就⋯⋯**出發！**」

晚飯後，大家都各自回房間休息了。就在午夜剛過不久⋯⋯菲來到我房間的門外敲門：「快點，謝利連摩，**跟我來！**我們去一趟飛船泊位！」

我說：「什麼？飛船泊位？現在？」

菲回答說：「別多問了，只管**跟我來**

就是了！」

每當我的妹妹菲的腦子裏想要做一件事情，往往都很難讓她改變主意的。於是，我快快地穿好衣服，來到了漆黑的走廊裏……

這時，一把聲音突然驚叫起來：「**唉喲**！誰踩到我的根了？」

我說：「喔！對不起……是**費魯斯教授**嗎？這裏下面什麼都看不見！」

「我切斷了這個區域的照明系統，」菲解釋說，「這樣**船員們**就能夠繼續安靜地睡覺了……」

「是呀，就像我在剛才正好夢見**好幾卡車**的乳酪那樣……」賴皮低聲說。

「怎麼費魯斯也在！我們……到底要去幹什麼？」

費魯斯顯得有些焦慮，而且身上的樹葉一直在**發抖**，他抗議說：「我是一個科學家，不是一個英雄！我不適合參加這樣一個半夜去未知**星球**冒險的行動！我要是在那裏感染了蚜蟲，或者被風**吹乾**了該怎麼辦？」

但是菲卻不為所動：「我們的小隊裏需要一位科學家……而且您也需要適當地運動一下，以防止變成一株**肥胖的植物**……」

「半夜的行動？未知的星球？菲，到底……」

我話音未落，菲就把我**塞進了**飛船裏，並且發動了引擎：「電池裝載完成，發動機加速器啟動，**倍速轉子**運作正常……」

75

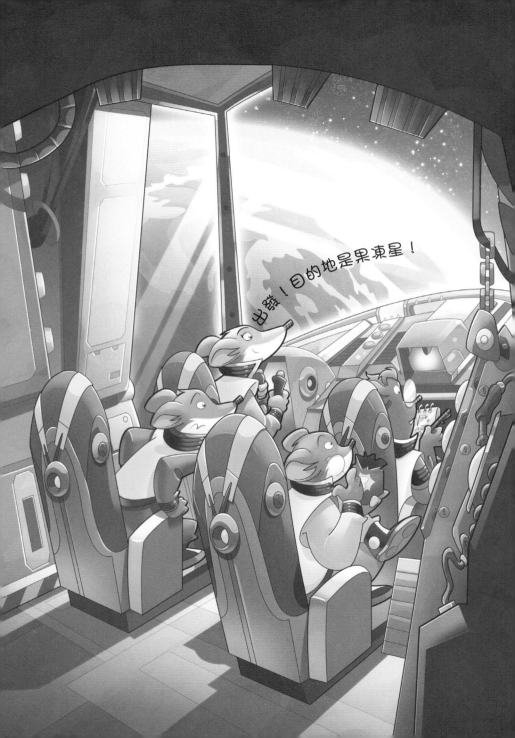

我問她：「菲，你想幹什麼？」

她笑着回答説：「哦，沒什麼特別的⋯⋯我們去**認識一下**這顆果凍星，因為我有些**疑問**⋯⋯」

費魯斯補充説：「他們送來的星際晶石也很奇怪⋯⋯我重新做了一次檢測，看上去沒什麼問題的，但是⋯⋯**總覺得有些地方我不明白**⋯⋯」

菲興奮地叫道：「那我們趕緊出發吧！」

我開始**擔心**起來：「我們是不是應該先告訴爺爺啊？」

菲卻説：「已經太遲了，謝利連摩，還有三秒，不，兩秒，不，一秒⋯⋯我們就會在**果凍星**着陸了，目標位置就在那團粉紅色印跡的旁邊！」

牛奶任務

與此同時，班哲文仍然在牀上翻來覆去，無法入睡。

一杯牛奶！對了，現在需要一杯牛奶來幫助他入睡！

他抬起手腕，通過腕式電話裝置呼叫潘朵拉，也許她也還沒有睡着……

他輕聲説：「潘朵拉，你還醒着嗎？」

「是的！」她回答道，「我已經把天上的星座都數了一遍了，但還是沒有睡着！」

班哲文提議説：「我們去弄一杯牛奶怎麼樣？」

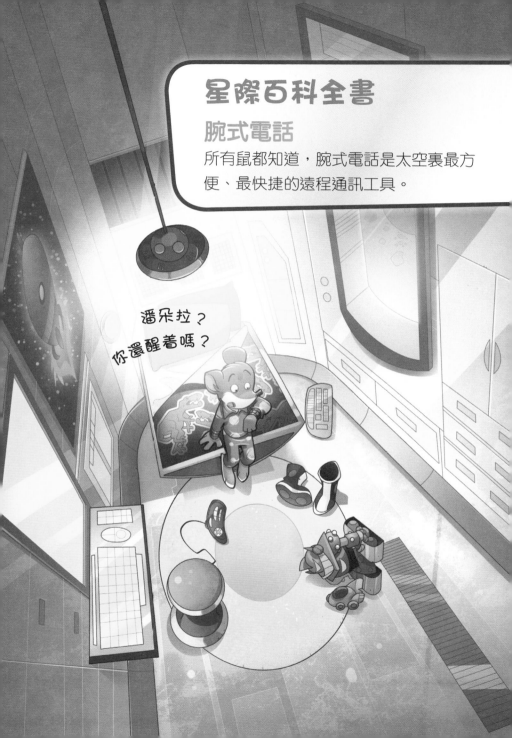

「好啊！」他的朋友高興地說，「**兩分鐘後**在通道裏見！」

通話完畢後，班哲文躡手躡腳地走出了自己的房間。

整艘「**銀河之最號**」一片寂靜！班哲文和潘朵拉徑直走向廚房。

班哲文提議說：「我們去冰箱裏找找看吧！」

但是，潘朵拉突然停下了腳步：「呃！我聽到了**奇怪的聲音！**你有聽到嗎？」

班哲文搖了搖頭回答：「沒有，我**什麼都沒有**聽到……不過，既然我們已經來到這裏了，就無論如何都要完成我們的牛奶任務！」

突然……

哐哐哐！
咚！咚！咚！

啊，班哲文不小心打翻了一整排鍋子！

很快，他們聽到了一把咕咕噥噥的聲音：「**呼**……那個螞蟻餡餅裏要少放些鹽……」

那是飛船上的廚師**史誇茲**，他就在冰箱前睡着！

潘朵拉略帶**失望地**說：「現在該怎麼辦？要在不弄醒他的情況下拿到**牛奶**，這似乎不太可能呢……」

這時班哲文說：「我們去**儲藏室**吧！那

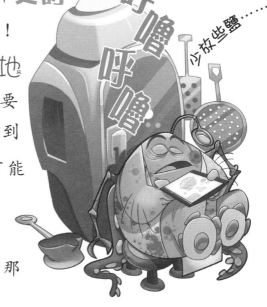

裏一定還有牛奶和乳酪！」

　　為了不吵醒史誇茲，兩個孩子踮起地悄悄離開了廚房。然後，他們跑向儲藏室，那裏放滿了來自各個**遙遠**星系的特產。

　　潘朵拉說：「快看**這裏**，這是天狼星乳酪⋯⋯還有**那裏下面**，是

冥王星胡椒乳酪塊，還有來自遙遠太陽系的黃山羊乳酪……」

這時，班哲文突然低聲說：「看！那裏下面有鼠……」

潘朵拉順着他看的方向望去，但是卻沒有見到任何鼠。

「你弄錯了吧，班哲文，那可能只是一個影子……」

「不是的，潘朵拉，」他回答說，「我肯定……看！那裏底下有一個粉紅色的東西在移動……」

「這實在是太奇怪了，我們必須馬上通知謝利連摩叔叔……快，我們現在去叫他！」

你們中計啦！

班哲文和潘朵拉一路**跑到**謝利連摩叔叔的房間門外敲門！

叩叩！可是，沒有回答……沒有鼠回答！

他們更用力地敲了幾下門，叩叩！叩叩！房間裏還是沒有回應。

隨後，他們跑去敲菲阿姨的門……叩叩！叩叩！叩叩！

同樣地，沒有應答，沒有鼠應答！

然後，再找賴皮叔叔……

可是，連那房間裏**都沒有鼠**！

究竟他們去了那裏？

真**奇怪**，非常**奇怪**，實在太**奇怪**了！

班哲文嘗試着通過 **腕｜式｜電｜話** 聯繫他的叔叔阿姨們，但是，回覆的卻是電話錄音：「用戶不在服務區，用戶不在服務區，用戶—不在—服務區！！！」

我的天啊！

到底發生什麼事了？

於是，孩子們上樓來到了控制室。

剛走進門，**機械人提克斯**就醒了過來，大聲叫道：「大家早上好！」

「噓！現在還是晚上呢！」班哲文低聲説。

「那你們為什麼叫醒我？我**正夢見**漂亮的乘法表呢……」提克

斯回應説。

「我們需要你的幫助，提克斯！」班哲文打斷它説，「你能幫我們**聯繫上**謝利連摩叔叔嗎？或者菲阿姨？」

「當然沒有問題！對我來説，這簡直易如反掌！你們稍微等我兩秒鐘……」它驕傲地説道。

只見提克斯**連續按**了十來個按鈕，然後**控制室**的大屏幕亮了起來，畫面上顯示謝利連摩剛在粉紅色星球着陸，在他的身後還有菲、賴皮和費魯斯。

大家都顯得小心翼翼。

「叔叔，菲阿姨，**你們在哪裏**啊？」班哲文問道。

「班哲文？」菲回答說，「我們……嗶嗶嗶……我們剛才……嗶嗶嗶……**果凍星**着陸……這裏還有……嗶嗶嗶……」

話音未落，通訊**中斷**了。

突然，一團黏糊糊、**粉紅色**果凍似的東西突然進入了控制室，然後跳到控制枱上，並且關閉了顯示屏！

緊接着，一個巨大的粉紅色怪物**咕咕**地出現了，面目猙獰地說：「通話結束了，**小搗蛋鬼們**！」

你們中計啦！

小心果凍怪！

在果凍星的地面，菲不斷重複地呼叫着孩子們，最後她**警惕**地叫道：「有鼠中斷了我們和**銀河之最號**的通訊！」

班哲文、潘朵拉……快回答！

我驚呼說：「我們趕緊回飛船！班哲文和潘朵拉可能有**危險！**而且說不定……我們也有危險！」

但是，賴皮阻止了我：「放輕鬆一點，表哥，你現在可比一隻暴烈飛蟲更吵呢！班哲文和潘朵拉都是很聰明的孩子。

「至於我們……你覺得在這顆星球上會發生什麼呢？這裏只有石塊、樹木以及……一片怪誕的粉紅色的湖。」

賴皮還沒有說完，這片粉紅色的湖居然緩緩地活起來了！它怒吼說：「你自己才怪誕呢，你這個毛球！」

我的宇宙乳酪呀！這片湖不但會講話，而且開始慢慢向我們這裏移動過來！

咕嘰嘰！我被嚇得跳了起來！

那團**粉紅色**的湖越靠越近，繼續嘶吼說：「你們這幫醜陋的齧齒動物，來**我的**星球幹什麼？」

當這片**湖**越逼越近的時候，它的面目也變得越來越可怕！

賴皮和費魯斯**害怕**地向後跳了一步。

只有妹妹菲站在原地沒有動，冷靜地說：「看到了嗎，謝利連摩？我早就說有古怪！」

費魯斯聲音略帶**顫抖**地問：「你……你……到底是什麼生物？」

那團黏糊糊、**果凍般的東西**發出一陣邪惡的笑聲，放肆大笑起來：「哈！哈！哈！我就是**果凍怪**！」

接著，他繼續說：「你們還沒弄清楚狀況，對嗎？我來解釋一下吧，你們這幫悲哀的生物！

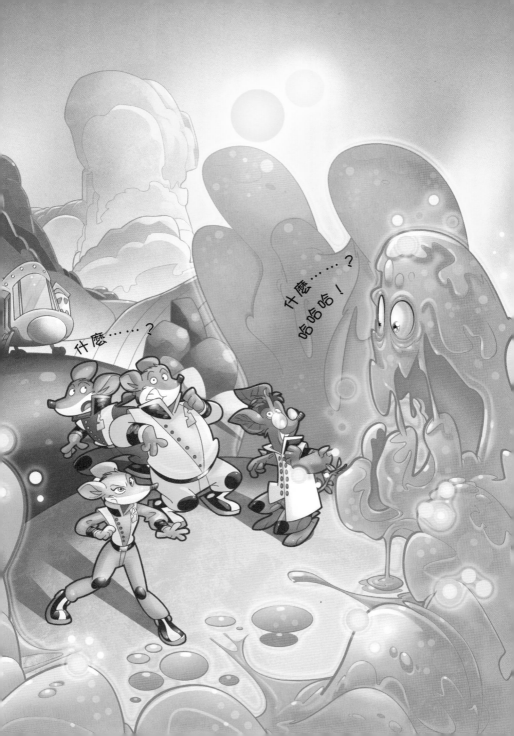

「這個星球上根本就沒有什麼**粉紅鼠**！你們在太空船艦上見到的那些都是⋯⋯我的分身！**哈！哈！哈！**我——果凍怪，能夠變成任何東西！而且，從我**巨大的**身上分離出來的分身可以變得和我一模一樣！」

我因為驚恐而嚇得僵立在原地說不出話了。過了一會兒，我才能勉強**結結巴巴**著說：「所以⋯⋯你⋯⋯你就是⋯⋯嗯⋯⋯就是⋯⋯」

「對了！」費魯斯似乎已經知道了些什麼，驚呼起來：「你一定就是善於偽裝自己的**流體**生命！」

「哈哈哈！」**果凍怪**咕嚕咕嚕地說道，「沒錯！而且我身體的一部分已經以粉紅星

92

際晶石的形態潛入了你們的太空船艦，然後一直潛伏至晚上出來，而現在……它已經控制了你們的飛船了！**啊，我實在是太邪惡了！**」我驚呼道：「這怎麼可能？！」

他回答說：「**你不相信？！**看着吧，笨蛋！看我怎樣變成三隻粉紅老鼠！」

話音剛落，果凍怪很快就變成了那三隻把粉紅星際晶石帶來給我們的**粉紅鼠**，隨即它們立刻再融化成了一灘黏糊糊的粉紅色液體。

菲問道：「那你為什麼要**侵佔**我們的太空船艦呢？」

果凍怪咆哮着說：「因為這個星球**太無聊了，無聊透頂，無聊到極致！**我需要一艘像你們那艘一樣的宇宙飛船來穿越

星際，逃離這個星球！然後，我要入侵整個**銀河系**，並且不斷擴張，直到控制整個宇宙！」

我不禁打了個**寒顫**，多可怕的野心啊！

「**你永遠也不可能做到的！**」菲反駁說，「我們一定會阻止你的！」

「那你們打算怎麼阻止我呢？你們這些小齙齒動物？」

「不要小看我們！」妹妹菲忿忿不平地說，「宇宙裏充滿了危險，但是在各個地方也會有很多友善的**朋友，真正的朋友！**」

聽到這話，果凍怪邪惡地冷笑了兩聲，回答道：「算是吧，也許你們在其他地方有朋友……不過他們根本找不到你們……你們知道為什麼嗎？**因為你們會被囚禁在這裏**……直到永遠！」

砰！砰！砰！

在另一邊的「**銀河之最號**」上，粉紅色的果凍怪抓住了班哲文和潘朵拉的尾巴咆哮道：「**我就是強大的果凍怪！**現在，提問時間結束了，小老鼠們！」

就在此刻，全息程序鼠突然出現在控制室上：「**這裏發生什麼事了？**」

趁着果凍怪分心的機會，班哲文和潘朵拉一起掙脫了魔爪，大喊道：「**快跑！**」

而粉紅的果凍怪則開始沿着「銀河之最號」的走廊追捕兩鼠。

「快，我們*躲進*通風管道！」班哲文說。

　　機械人提克斯幫忙將通風口防護門的
螺絲擰開，班哲文和潘朵拉貓着腰鑽進太空船
艦的換氣管道中，並沿着管道向下滑去。

　　砰！砰！砰！

　　「喔！這可比遊樂場的溜滑梯更好玩！」
班哲文和潘朵拉異口同聲地說。

　　「也許吧，但是我身上好幾個地方都撞到
凹陷了！」提克斯咕噥着說。

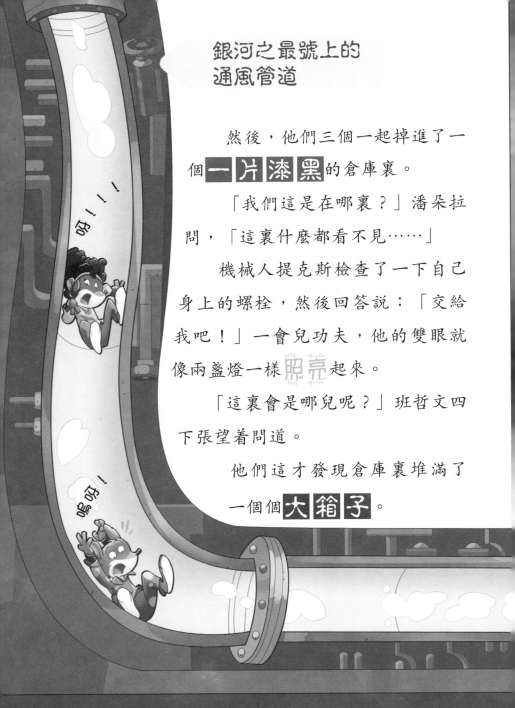

銀河之最號上的
通風管道

　　然後，他們三個一起掉進了一個**一片漆黑**的倉庫裏。

　　「我們這是在哪裏？」潘朵拉問，「這裏什麼都看不見……」

　　機械人提克斯檢查了一下自己身上的螺栓，然後回答說：「交給我吧！」一會兒功夫，他的雙眼就像兩盞燈一樣**照亮**起來。

　　「這裏會是哪兒呢？」班哲文四下張望着問道。

　　他們這才發現倉庫裏堆滿了一個個**大箱子**。

砰！砰！砰！

　　機械人提克斯這時宣告說：「我們現在身處**太空船艦**的備件倉庫裏！」

　　正在此時，孩子們聽到了一陣奇怪的聲音：**咚！咚！咚！**

　　機械人提克斯發現這個聲音來自一個大箱子，於是他來到箱子的旁邊，並用他的機械手敲了敲那個箱子：**卟！卟！卟！**

　　很快，箱子裏傳出了回答：**咚！咚！咚！**

　　潘朵拉回過頭來，有些不耐煩地說：

「機械人提克斯，拜託，請不要再發出這種 **UP UP UP** 和 **咚咚咚** 的聲音，這樣我們會被發現的！」

「咚咚咚的聲音不是我發出的！」提克斯說。

突然，一把聲音高聲喊：「救命！快點救我出來！」

是 **布魯格拉**！她好像被困在⋯⋯箱子裏了！機械人提克斯馬上伸出他的錘子機械臂和鑿子機械臂來解救她，不一會兒功夫便打開了 **箱子**。

布魯格拉一下子跳了出來，喊道：「總算得救了！」

「到底發生了什麼事？」班哲文越來越不明白，不解地問道。

「我被關在這裏已經好幾個小時了……」布魯格拉說。

接着，她給大家解釋說：「晚餐後，我回到房間準備睡覺，這時突然一團巨大的粉紅色凝膠似的東西重重黏住我，令我動彈不得，然後它把我關進這個箱子裏。」

話音未落，倉庫的大門突然打開了。

果凍怪突襲！

「投降吧！你們被**果凍怪**抓住啦！」

就是它，那團**粉紅色的凝膠怪物**！

布魯格拉回頭對着班和潘朵拉説：「快點，孩子們！在角落裏，有我用來修理飛船的超級膠水……我們可以用那個來**黏住這個怪物！**」

聽到這些話後，果凍怪嘲笑道：「哈哈哈！你們想抓住我？沒那麼容易！我們走着瞧……」

突然，果凍怪的身體一下子拉長了許多，然後又變寬了，隨後分裂成了許多一模一樣的細小凝膠塊，在太空船艦的地板上滑來滑

去，很快便鑽進縫隙不見了。

「它去哪兒了？」班哲文困惑地問到。

「它不可能憑空消失的！」機械人提克斯一邊搜索着每個角落，一邊**不安地說**……

突然，他喊叫起來：

「快看！那個滅火筒在移動……而且變成粉紅色了！！！」

滅火器蹦蹦地跳到走廊去！

潘朵拉喊道：「果凍怪**變身成了**房間裏的物品！」

沒多久，粉紅色滅火器一蹦一跳地逃跑了，很快消失在了走廊裏……

砰！砰！砰！

「看那裏的控制面板，你們不覺得它

是……粉紅色的嗎？」班哲文喊道。

　　果凍怪被發現之後，那控制板一下子融化成一團黏液逃走了。它變出了許多個分身，而每個分身又瞬間變成各種各樣的物體……

　　布魯格拉並沒有喪氣：「也許要把它所有分身全部抓住會很困難，但是我們得努力嘗試，加油！我們需要檢查飛船的每個角落！」

　　就這樣，他們帶上超級膠水，分頭去尋找果凍怪的分身。

　　當班哲文走進洗手間，一個粉紅色的奇怪水池對着他張開大嘴，然後迅速從他的眼皮底下溜走了……

　　在走廊上，潘朵拉發現一個門把手變成了粉紅色，可是卻沒能夠抓住它，那是因為班哲

文扔出去的 超級膠水 黏住了她的尾巴⋯⋯

另一邊，有一把 粉紅色的單人椅 和一大團凝膠試圖擋住可憐的機械人提克斯的去路⋯⋯在控制室裏，果凍怪的分身變成了按鈕、監視器以及連接線，它們一起大喊：「這艘太空船艦現在是果凍怪的啦！」

星際百科全書

超級膠水

所有鼠都知道，超級膠水對於太空鼠來說是一件不可或缺的重要物品，幾乎每個鼠手上都會有一瓶備用着，它能夠用來修理所有（幾乎）東西，例如損壞的花瓶、鬆動的玻璃、機械人提克斯金屬部件之間的固定、控制室的全息屏幕、費魯斯的眼鏡，以及其他許多東西。

我要挑戰你！

與此同時，在果凍星上，果凍怪大聲地宣布說：「**勝利了！**你們的太空船艦已經被我佔領了！」

「你怎麼知道？」謝利連摩疑惑地問道，「『**銀河之最號**』和我們的聯絡已經中斷了……」

果凍怪大聲笑道：「**哈！哈！哈！**我在這裏，同樣我也在飛船上……哪裏有我的分身，哪怕只有一滴，我就在哪裏！我馬上就要把你們**留在**這顆無聊的行星上，然後坐着你們的『銀河之最號』去征服全宇宙！」

我頓時覺得自己是全宇宙**最糟糕**的艦長！我的任務失敗了，而且……不久之後我還弄丟了「**銀河之最號**」！費魯斯在一邊緊張得樹葉上直冒液體。而菲則氣得**渾身發抖**。這時，賴皮開口說話了：「果凍怪，你說你在變形能力上是**冠軍**嗎？」

　　果凍怪驕傲地說：「當然！論變形能力，全宇宙沒有生物比我更強了！」

　　「**這樣的話我要挑戰你一下！**」賴皮堅定地高叫道。

　　我感到非常詫異，難道我的表弟要在此時此刻開玩笑？

　　果凍怪似乎也吃了一驚。

　　但是，賴皮繼續說道：「我們來一場比賽吧，就當是消遣……」

接着，他面露狡點地笑着說：「果凍怪，你只會說你自己有多屬害，但是我們卻沒有見到過什麼**特別的**形態變化！你說呢？你是接受挑戰……還是怕輸不敢？」

果凍怪生氣地吼道：「看我的，你這個不知天高地厚的老鼠！」

外星植物

彗星

這沒什麼！

真是無聊！

說時遲，那時快，它已經開始施展它的**變身**本領了，接二連三地變成了：

一棵非常奇怪的外星**植物**……

一枚帶着長長尾巴的**彗星**……

一頭巨大的**恐龍**……

克雷塔星系的恐龍

就只有這些？

最後，果凍怪傲慢地問：「怎麼樣？有沒

有被……**嚇到**？」

　　賴皮打着哈欠問：「就只有這些？」

　　果凍怪說：「什麼**只有這些？！**」

　　賴皮不以為然地說：「這很簡單啊！你所

變化成的東西都是你自己選的！你要是真的

那麼厲害，就應該是由我來指定東西，然後你

來變！」

　　和往常一樣，我已經完全被弄糊

塗了……

超級星球挑戰！

果凍怪已經漸漸**失去了耐心**，它用威脅口吻吼道：「你們這些小東西，現在我真的已經**玩膩**了！」

我害怕得渾身**直哆嗦**！

就在我準備**舉起**手爪投降的時候，果凍怪又說：「你們這些無理的老鼠，竟敢來挑戰我？你說想要我變成什麼？我就讓你輸得心服口服，讓你知道沒有什麼東西是我偉大的果凍怪**模仿**不了的！」

我嚇得已經渾身**毛髮**都豎起來了。這下果凍怪是真的生氣了！

為什麼，為什麼，為什麼我會落到這種境地呢？我從來都沒說過要當太空船艦的**艦長**……我從來沒說過要去執行什麼外星任務……一直以來，我都只想……當一名**作家**！而且，賴皮為什麼還在不斷挑釁它呢？

此時，我的表弟從口袋裏掏出了一盒乳酪味的，然後一下子把裏面的糖果全部倒進嘴裏。接着，他向着果凍怪喊道：「你總是變成巨大的物體，這太容易了，但是你能不能變到像一顆糖果這樣**小**呢？細小到能夠完全進入到這個盒子裏去？我是說你所有、所有、所有的部分！」

嗯！

賴皮這下子令**果凍怪**更生氣了。而我們⋯⋯完蛋了⋯⋯我們將會被**永遠**困在這裏！

　　作為回應，果凍怪張開它那張黏糊糊的大嘴笑着説：「**哈！哈！哈！就這些？這個挑戰也太簡單了⋯⋯**」

　　它一邊説着，一邊越變越小，越變越小⋯⋯

　　與此同時，四周的那些**果凍分身**也紛紛向它靠攏，同樣包括「銀河之最號」上的那些分身⋯⋯

　　一會兒功夫，它就變成了粉紅色的**小球**⋯⋯然後鑽進了糖盒子裏！

　　「看到沒有？我做到了！我已經全部都在這裏面了，是全部的全部的全部哦，都在這裏

面！」

　　話音未落，賴皮⋯⋯在瞬間**飛速地**，如同星際火箭一樣迅速地關上了糖盒子。

　　啪！

　　果凍怪就這樣被關在糖盒子裏了！

　　而我們就這樣**得救**了！

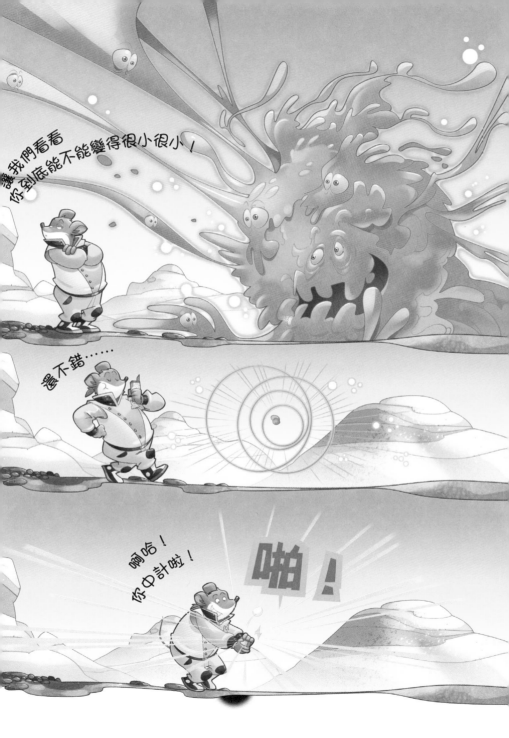

太空鼠團隊上下一心！

我們所有鼠異口同聲激動萬分地**高聲歡呼**：「嗚哇！我們擊敗了果凍怪！」

接着，當我們準備返回「銀河之最號」的時候……**費魯斯**突然叫住了大家：「你們看！」

他指向湖底的位置，那裏之前被果凍怪佔據着，現在已經**空**了。只見地面上有着一條長長的裂紋，在那下面是……一大片**星際晶石！**

費魯斯用他的便攜式**分析儀**仔細檢查了這些晶石，最後對我說：

「**史提頓艦長**，我確定這就是真正的星際晶石……千分之千！」

我**長舒**了一口氣。我的宇宙乳酪啊！我們終於可以拯救「**銀河之最號**」了！

接着我喊道：「快，我們趕緊回去太空船艦！」

啊！這裏有一片星際晶石礦藏！

我們所有鼠帶着沉甸甸地一箱珍貴的**星際晶石，*以最快的速度*** 回到了「銀河之最號」上！

我們必須儘快趕回去！

天知道那個**糖盒子**能夠堅持多久呢，那果凍怪正在全力掙扎，試圖逃出那個小盒子！

一回到飛船控制室，我立刻下令：「***引擎全開！*** 回到⋯⋯外太空！」

接着，我感謝賴皮說：「表弟，你真是太聰明了！」

「謝謝！」他驕傲地回答說，「那麼現在⋯⋯你覺得我們辦一場只有乳酪的**晚宴**慶祝一下怎麼樣？」

我的表弟賴皮！他一直都沒變！

不過，這次他真的成為了我們的**英雄**！

多虧了他，我們才得以戰勝果凍怪！

於是，我們舉行了一個**慶祝宴會**並邀請了「銀河之最號」上所有的船員來參加。

在慶祝宴會上，馬克斯爺爺欣喜地致辭說：「感謝你們，班哲文和潘朵拉，你們這次的表現非常勇敢，值得擁有一枚**獎章**！你也是，布魯格拉，使用**超級膠水**的主意實在是太棒了！」

接着，他轉向妹妹菲說：「親愛的菲，是你的勇氣和智慧**拯救**了『銀河之最號』……」

然後，爺爺又來到賴皮的身邊，讚賞他：「勇敢的小孫子，面

馬克斯爺爺

對危險時，你能夠冷靜想出糖盒子的**方法**，實在是太機智了……你讓我看到了我年輕時

的身影！」

　　在誇獎的對象中，當然也少不了**費魯斯**，爺爺感激地説：「你是我們『銀河之最號』上最不可或缺的科學家⋯⋯」

　　最後，他對我説：「小孫子！我也不知道為什麼⋯⋯這次你看上去好像沒有以前那麼**傻**了！真奇怪⋯⋯」

　　接着，所有鼠開始**歡慶**勝利，在舉杯的時候，大家一起唱起了《太空鼠之歌》⋯⋯

　　而我卻只想儘早回到自己房間，開始着手**寫**我的新小説，我想正好可以這次的**冒險**故事作為主題！

　　不知道我的讀者們是否會喜歡這個故事呢⋯⋯

《太空鼠之歌》

沒有任何危險，
能夠讓我們的心退縮！

我們是太空鼠，
我們是偉大的探險家……

對於我們來說，
永恆的友誼遠比乳酪更重要！

太空啊太空，我的家，
宇宙處處是我家！

Geronimo Stilton
星際太空鼠

我是謝利連摩艦長！

菲，快報告

在外太空的探索情況！

報告艦長！……我是菲

你彼耍了！表哥！

哇啊！！！

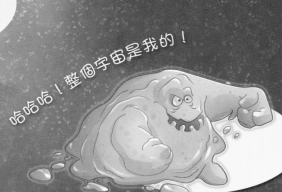

哈哈哈！整個宇宙是我的！

親愛的老鼠朋友，

你們喜歡讀星際太空鼠的冒險故事嗎？

大家敬請期待我下一本新書吧！